奥の細道
Oku no Hosomichi

松尾 芭蕉
Matsuo Bashō

Oku no Hosomichi

First Published in Great Britain in 2014 by Jiahu Books – part of Richardson-Prachai Solutions Ltd, 34 Egerton Gate, Milton Keynes, MK5 7HH
ISBN: 978-1-78435-073-4

A CIP catalogue record for this book is available from the British Library
Visit us at: jiahubooks.co.uk

出発まで

月日は百代の過客にして行かふ年も又旅人也。舟の上に生涯をうかべ、馬の口とらえて老をむかふる物は日々旅にして旅を栖とす。古人も多く旅に死せるあり。予もいづれの年よりか片雲の風にさそはれて、漂白の思ひやまず、海濱にさすらへ、去年の秋江上の破屋に蜘の古巣をはらひてやゝ年も暮、春立る霞の空に白川の関こえんと、そゞろ神の物につきて心をくるはせ、道祖神のまねきにあひて、取もの手につかず。もゝ引の破をつゞり、笠の緒付かえて、三里に灸すゆるより、松嶋の月先心にかゝりて、住る方は人に譲り、杉風が別墅に移るに、草の戸も住替る代ぞひなの家面八句を庵の柱に懸置。

旅立

弥生も末の七日、明ぼのゝ空朧々として、月は在明にて光おさまれる物から不二の峯幽にみえて、上野谷中の花の梢又いつかはと心ぼそし。むつまじきかぎりは宵よりつどひて舟に乗て送る。千じゆと云所にて船をあがれば、前途三千里のおもひ胸にふさがりて幻のちまたに離別の泪をそゝく。
行春や鳥啼魚の目は泪是を矢立の初として、行道なをすゝまず。人々は途中に立ならびて、後かげのみゆる迄はと見送なるべし。

草加

ことし元禄二とせにや、奥羽長途の行脚、只かりそめに思ひたちて呉天に白髪の恨を重ぬといへ共耳にふれていまだめに見ぬさかひ若生て帰らばと定なき頼の末をかけ、其日漸早加と云宿にたどり着にけり。痩骨の肩にかゝれる物先くるしむ。只身すがらにと出立侍を、帋子一衣は夜の防ぎ、ゆかた雨具墨筆のたぐひ、あるはさりがたき餞などしたるはさすがに打捨がたくて、路次の煩となれるこそわりなけれ。

室の八嶋

室の八嶋に詣す。同行曾良が曰、「此神は木の花さくや姫の神と申て富士一躰也。無戸室に入て焼給ふちかひのみ中に、火々出見のみこと生れ給ひしより室の八嶋と申。又煙を讀習し侍もこの謂也」。将このしろといふ魚を禁ず。縁記の旨世に傳ふ事も侍し。

仏五左衛門

卅日、日光山の梺に泊る。あるじの云けるやう、「我名を佛五左衛門と云。萬正直を旨とする故に人かくは申侍まゝ、一夜の草の枕も打解て休み給へ」と云。いかなる仏の濁世塵土に示現して、かゝる桑門の乞食順礼ごときの人をたすけ給ふにやとあるじのなす事に心をとゞめてみるに、唯無智無分別にして正直偏固の者也。剛毅木訥の仁に近きたぐひ気稟の清質尤尊ぶべし。

日光

卯月朔日、御山に詣拝す。往昔、此御山を「二荒山」と書しを空海大師開基の時「日光」と改給ふ。千歳未来をさとり給ふにや。今此御光一天にかゞやきて恩沢八荒にあふれ、四民安堵の栖穏なり。猶憚多くて筆をさし置ぬ。あらたうと青葉若葉の日の光黒髪山は霞かゝりて、雪いまだ白し。
剃捨て黒髪山に衣更曾良曾良は河合氏にして、惣五郎と云へり芭蕉の下葉に軒をならべて予が薪水の労をたすく。このたび松しま象潟の眺共にせん事を悦び、且は羈旅の難をいたはらんと旅立暁髪を剃て墨染にさまをかえ惣五を改て宗悟とす。仍て黒髪山の句有。「衣更」の二字力ありてきこゆ。
廿餘丁山を登つて瀧有。岩洞の頂より飛流して百尺千岩の碧潭に落たり。岩窟に身をひそめて入て]滝の裏よりみれば、うらみの瀧と申傳え侍る也。
暫時は瀧に篭るや夏の初

那須

那須の黒はねと云所に知人あれば是より野越にかゝりて直道をゆかんとす。遥に一村を見かけて行に、雨降日暮る。農夫の家に一夜をかりて、明れば又野中を行。そこに野飼の馬あり。草刈おのこになげきよれば、野夫といへどもさすがに情しらぬには非ず「いかゝすべきや、されども此野は縦横にわかれてうゐ／＼敷旅人の道ふみたがえん、あやしう侍れば、此馬のとゞまる所にて馬を返し給へ」とかし侍ぬ。ちいさき者ふたり馬の跡したひてはしる。独は小姫にて名を「かさね」と云。聞なれぬ名のやさしかりければ、かさねとは八重撫子の名成べし曾良頓て人里に至れば、あたひを鞍つぼに結付て馬を返しぬ。

黒羽

黒羽の館代浄坊寺何がしの方に音信る。思ひがけぬあるじの悦び、日夜語つゞけて、其弟桃翠など云が朝夕勤とぶらひ、自の家にも伴ひて、親属の方にもまねかれ日をふるまゝに、ひとひ郊外に逍遥して、犬追物の跡を一見し、那須の篠原わけて玉藻の前の古墳をとふ。それより八幡宮に詣。与一扇の的を射し時、「別しては我国氏神正八まん」とちかひしも此神社にて侍と聞ば、感應殊しきりに覚えらる。暮れば、桃翠宅に帰る。

修験光明寺と云有。そこにまねかれて行者堂を拝す。

夏山に足駄を拝む首途哉

雲岸寺

当国雲岸寺のおくに佛頂和尚山居跡あり。
竪横の五尺にたらぬ草の庵むすぶもくやし雨なかりせばと松の炭して岩に書付侍りと、いつぞや聞え給ふ。其跡みんと雲岸寺に杖を曳ば、人々すゝんで共にいざなひ、若き人おほく道のほど打さはぎて、おぼえず彼梺に到る。山はおくあるけしきにて谷道遥に、松杉黒く苔したゞりて、卯月の天今猶寒し。十景尽る所、橋をわたつて山門に入。
さてかの跡はいづくのほどにやと後の山によぢのぼれば、石上の小庵岩窟にむすびかけたり。妙禅師の死関、法雲法師の石室をみるがごとし。
木啄も庵はやぶらず夏木立と、とりあへぬ一句を柱に残侍し。

殺生岩・蘆野

是より殺生石に行。館代より馬にて送らる。此口付のおのこ、短冊得させよと乞。やさしき事を望侍るものかなと、野を横に馬牽むけよほとゝぎす殺生石は温泉の出る山陰にあり。石の毒気いまだほろびず。蜂蝶のたぐひ真砂の色の見えぬほどかさなり死す。
又、清水ながるゝの柳は蘆野の里にありて田の畔に残る。此所の郡守戸部某の此柳みせばやなど、折々にの給ひ聞え給ふを、いづくのほどにやと思ひしを、今日此柳のかげにこそ立より侍つれ。
田一枚植て立去る柳かな

白川の関

心許なき日かず重るまゝに、白川の関にかゝりて旅心定りぬ。いかで都へと便求しも断也。中にも此関は三関の一にして、風騒の人心をとゞむ。秋風を耳に残し、紅葉を俤にして、青葉の梢猶あはれ也。卯の花の白妙に茨の花の咲そひて、雪にもこゆる心地ぞする。古人冠を正し、衣装を改し事など、清輔の筆にもとゞめ置れしとぞ。
卯の花をかざしに関の晴着かな曾良

須賀川

とかくして越行まゝにあぶくま川を渡る。左に会津根高く、右に岩城相馬三春の庄、常陸下野の地をさかひて山つらなる。かげ沼と云所を行に、今日は空曇て物影うつらず。
すが川の駅に等窮といふものを尋て、四五日とゞめらる。先白河の関いかにこえつるやと問。長途のくるしみ身心つかれ、且は風景に魂うばゝれ、懐旧に腸を断てはか／＼しう思ひめぐらさず。
風流の初やおくの田植うた無下にこえんもさすがにと語れば、脇第三とつゞけて、三巻となしぬ。
此宿の傍に、大なる栗の木陰をたのみて、世をいとふ僧有。橡ひろふ太山もかくやとしづかに覚られてものに書付侍る。其詞、栗といふ文字は西の木と書て西方浄土に便ありと、行基菩薩の一生杖にも柱にも此木を用給ふとかや。
世の人の見付ぬ花や軒の栗

あさか山

等窮が宅を出て、五里計桧皮の宿を離れてあさか山有。路より近し。此あたり沼多し。かつみ刈比もやゝ近うなれば、いづれの草を花かつみとは云ぞと人々に尋侍れども、更知人なし。沼を尋、人にとひ、かつみ／＼と尋ありきて日は山の端にかゝりぬ。二本松より右にきれて、黒塚の岩屋一見し、福崎に宿る。

忍ぶの里

あくれば、しのぶもぢ摺の石を尋て忍ぶのさとに行。遥山陰の小里に石半土に埋てあり。里の童部の来りて教ける。昔は此山の上に侍しを往来の人の麦草をあらして此石を試侍をにくみて此谷につき落せば、石の面下ざまにふしたりと云。さもあるべき事にや。

早苗とる手もとや昔しのぶ摺

佐藤庄司旧跡

月の輪のわたしを越て、瀬の上と云宿に出づ。佐藤庄司が旧跡は左の山際一里半計に有。飯塚の里鯖野と聞て尋／＼行に、丸山と云に尋あたる。是庄司の旧館なり。梺に大手の跡など人の教ゆるにまかせて泪を落し、又かたはらの古寺に一家の石碑を残す。中にも二人の嫁がしるし先哀也。女なれどもかひ／＼しき名の世に聞えつる物かなと袂をぬらしぬ。堕涙の石碑も遠きにあらず。寺に入て茶を乞へば、爰に義経の太刀弁慶が笈をとゞめて什物とす。

笈も太刀も五月にかざれ帋幟五月朔日の事也。

飯塚

其夜飯塚にとまる。温泉あれば湯に入て宿をかるに、土坐に筵を敷てあやしき貧家也。灯もなければゐろりの火かげに寝所をまうけて臥す。夜に入て雷鳴、雨しきりに降て、臥る上よりもり、蚤蚊にせゝられて眠らず。持病さへおこりて消入計になん。短夜の空もやう／＼明れば、又旅立ぬ。猶夜の余波心すゝまず、馬かりて桑折の駅に出る。遥なる行末をかゝえて、斯る病覚束なしといへど、羇旅辺土の行脚、捨身無常の観念、道路にしなん、是天の命なりと気力聊とり直し路縦横に踏で伊達の大木戸をこす。

笠嶋

鐙摺白石の城を過、笠嶋の郡に入れば、藤中将実方の塚はいづくのほどならんと人にとへば、是より遥右に見ゆる山際の里をみのわ笠嶋と云。道祖神の社、かた見の薄今にありと教ゆ。此比の五月雨に道いとあしく、身つかれ侍れば、よそながら眺やりて過るに、蓑輪笠嶋も五月雨の折にふれたりと、笠嶋はいづこさ月のぬかり道

武隈

岩沼に宿る。
武隈の松にこそめ覚る心地はすれ。根は土際より二木にわかれて、昔の姿うしなはずとしらる。先能因法師思ひ出、往昔むつのかみにて下りし人、此木を伐て、名取川の橋杭にせられたる事などあればにや。松は此たび跡もなしとは詠たり。代々あるは伐、あるひは植継などせしと聞に、今将千歳のかたちとゝのほひて、めでたき松のけしきになん侍し。
武隈の松みせ申せ遅桜と挙白と云ものゝ餞別したりければ、桜より松は二木を三月越シ

仙台

名取川を渡て仙台に入。あやめふく日也。旅宿をもとめて四五日逗留す。爰に画工加衛門と云ものあり。聊心ある者と聞て知る人になる。この者年比さだかならぬ名ところを考置侍ればとて、一日案内す。宮城野の萩茂りあひて、秋の景色思ひやらるゝ。玉田よこ野つゝじが岡はあせび咲ころ也。日影ももらぬ松の林に入て爰を木の下と云とぞ。昔もかく露ふかければこそ、みさぶらひみかさとはよみたれ。薬師堂天神の御社など拝て、其日はくれぬ。猶、松嶋塩がまの所〃画に書て送る。且、紺の染緒つけたる草鞋二足餞す。さればこそ風流のしれもの、爰に至りて其実を顕す。
あやめ艸足に結ん草鞋の緒

壷の碑

かの画図にまかせてたどり行ば、おくの細道の山際に十符の菅有。今も年々十符の菅菰を調て国守に献ずと云り。
壷碑市川村多賀城に有
つぼの石ぶみは高サ六尺餘横三尺計歟。苔を穿て文字幽也。四維国界之数里をしるす。此城、神亀元年、按察使鎮守府将軍大野朝臣東人之所置也。天平宝字六年、参議東海東山節度使、同将軍恵美朝臣獲修造而十二月朔日と有。聖武皇帝の御時に当れり。むかしよりよみ置る哥枕、おほく語傳ふといへども、山崩川落て、跡あらたまり、石は埋て土にかくれ、木は老て若木にかはれば、時移り代変じて、其跡たしかならぬ事のみを、爰に至りて疑なき千歳の記念、今眼前に古人の心を閲す。行脚の一徳、存命の悦び、羈旅の労をわすれて泪も落るばかり也。

末の松山

それより野田の玉川沖の石を尋ぬ。末の松山は寺を造りて末松山といふ。松のあひ／＼皆墓はらにて、はねをかはし枝をつらぬる契の末も終はかくのごときと悲しさも増りて、塩がまの浦に入相のかねを聞。五月雨の空聊はれて、夕月夜幽に、籬が嶋もほど近し。蜑の小舟こぎつれて、肴わかつ声／＼に、つなでかなしもとよみけん心もしられて、いとゞ哀也。其夜、目盲法師の琵琶をならして奥上るりと云ものをかたる。平家にもあらず、舞にもあらず。ひなびたる調子うち上て、枕ちかうかしましけれど、さすがに辺土の遺風忘れざるものから、殊勝に覚らる。

塩釜明神

早朝塩がまの明神に詣。国守再興せられて、宮柱ふとしく彩椽きらびやかに石の階、九仭に重り、朝日あけの玉がきをかゞやかす。かゝる道の果塵土の境まで、神霊あらたにましますこそ、吾国の風俗なれどいと貴けれ。神前に古き宝燈有。かねの戸びらの面に文治三年和泉三郎寄進と有。五百年来の俤今目の前にうかびて、そゞろに珍し。渠は勇義忠孝の士也。佳命今に至りて、したはずといふ事なし。誠人能道を勤、義を守べし。名もまた是にしたがふと云り。日既午にちかし。船をかりて松嶋にわたる。其間二里餘、雄嶋の磯につく。

松島

抑ことふりにたれど、松嶋は扶桑第一の好風にして、凡洞庭西湖を恥ず。東南より海を入て、江の中三里、浙江の湖をたゝふ。嶋／＼の数を尽して、欹ものは天を指、ふすものは波に葡蔔。あるは二重にかさなり三重に畳みて、左にわかれ右につらなる。負るあり抱るあり、児孫愛すがごとし。松の緑こまやかに、枝葉汐風に吹たはめて、屈曲をのづからためたるがごとし。其景色えう然として美人の顔を粧ふ。ちはや振神のむかし、大山ずみのなせるわざにや。造化の天工、いづれの人か筆をふるひ詞を尽さむ。
雄嶋が礒は地つゞきて海に出たる嶋也。雲居禅師の別室の跡、坐禅石など有。将松の木陰に世をいとふ人も稀／＼見え侍りて、落穂松笠など打けぶりたる草の庵閑に住なし、いかなる人とはしられずながら、先なつかしく立寄ほどに、月海にうつりて昼のながめ又あらたむ。江上に帰りて宿を求れば、窓をひらき二階を作て、風雲の中に旅寝するこそ、あやしきまで妙なる心地はせらるれ。
松嶋や鶴に身をかれほとゝぎす曾良予は口をとぢて眠らんとしていねられず。旧庵をわかるゝ時、素堂松嶋の詩あり。原安適松がうらしまの和哥を贈らる。袋を解てこよひの友とす。且杉風濁子が発句あり。
十一日、瑞岩寺に詣。当寺三十二世の昔、真壁の平四郎出家して、入唐帰朝の後開山す。其後に雲居禅師の徳化に依て、七堂甍改りて、金壁荘厳光を輝、仏土成就の大伽藍とはなれりける。彼見仏聖の寺はいづくにやとしたはる。

石の巻

十二日、平和泉と心ざし、あねはの松緒だえの橋など聞傳て、人跡稀に雉兎蒭ぜうの往かふ道、そこともわかず、終に路ふみたがえて石の巻といふ湊に出。こがね花咲とよみて奉たる金花山海上に見わたし、数百の廻船入江につどひ、人家地をあらそひて、竈の煙立つゞけたり。思ひがけず斯る所にも来れる哉と、宿からんとすれど、更に宿かす人なし。漸まどしき小家に一夜をあかして、明れば又しらぬ道まよひ行。袖のわたり尾ぶちの牧まのゝ萱はらなどよそめにみて、遥なる堤を行。心細き長沼にそふて、戸伊摩と云所に一宿して、平泉に到る。其間廿余里ほどゝおぼゆ。

平泉

三代の栄耀一睡の中にして、大門の跡は一里こなたに有。秀衡が跡は田野に成て、金鶏山のみ形を残す。先高館にのぼれば、北上川南部より流るゝ大河也。衣川は和泉が城をめぐりて高館の下にて、大河に落入。康衡等が旧跡は衣が関を隔て南部口をさし堅め、夷をふせぐとみえたり。偖も義臣すぐつて此城にこもり、功名一時の叢となる。国破れて山河あり。城春にして草青みたりと笠打敷て、時のうつるまで泪を落し侍りぬ。
夏草や兵どもが夢の跡卯の花に兼房みゆる白毛かな曾良兼て耳驚したる二堂開帳す。経堂は三将の像をのこし、光堂は三代の棺を納め、三尊の仏を安置す。七宝散うせて、珠の扉風にやぶれ、金の柱霜雪に朽て、既頽廃空虚の叢と成べきを、四面新に囲て、甍を覆て風雨を凌。暫時千歳の記念とはなれり。
五月雨の降のこしてや光堂

尿前の関

南部道遥にみやりて、岩手の里に泊る。小黒崎みづの小嶋を過て、なるこの湯より、尿前の関にかゝりて、出羽の国に越んとす。此路旅人稀なる所なれば、関守にあやしめられて、漸として関をこす。大山をのぼつて日既暮ければ、封人の家を見かけて舎を求む。三日風雨あれて、よしなき山中に逗留す。
蚤虱馬の尿する枕もとあるじの云、是より出羽の国に大山を隔て、道さだかならざれば、道しるべの人を頼て越べきよしを申。さらばと云て人を頼侍れば、究境の若者反脇指をよこたえ、樫の杖を携て、我／＼が先に立て行。けふこそ必あやうきめにもあふべき日なれと、辛き思ひをなして後について行。あるじの云にたがはず、高山森〃として一鳥声きかず、木の下闇茂りあひて夜る行がごとし。雲端につちふる心地して、篠の中踏分／＼、水をわたり岩に蹶て、肌につめたき汗を流して、最上の庄に出づ。かの案内せしおのこの云やう、此みち必不用の事有。恙なうをくりまいらせて、仕合したりと、よろこびてわかれぬ。跡に聞てさへ胸とゞろくのみ也。

尾花沢

尾花沢にて清風と云者を尋ぬ。かれは富るものなれども、志いやしからず。都にも折々かよひてさすがに旅の情をも知たれば、日比とゞめて、長途のいたはり、さま／＼にもてなし侍る。
涼しさを我宿にしてねまる也這出よかひやが下のひきの声まゆはきを俤にして紅粉の花蠶飼する人は古代のすがた哉曾良

立石寺

山形領に立石寺と云山寺あり。慈覚大師の開基にて、殊清閑の地也。一見すべきよし、人々のすゝむるに依て、尾花沢よりとつて返し、其間七里ばかり也。日いまだ暮ず。梺の坊に宿かり置て、山上の堂にのぼる。岩に巖を重て山とし、松柏年旧土石老て苔滑に、岩上の院々扉を閉て物の音きこえず。岸をめぐり、岩を這て仏閣を拝し、佳景寂寞として心すみ行のみおぼゆ。

閑さや岩にしみ入蝉の声

最上川

最上川のらんと、大石田と云所に日和を待。爰に古き誹諧の種こぼれて、忘れぬ花のむかしをしたひ、芦角一声の心をやはらげ、此道にさぐりあしゝて、新古ふた道にふみまよふといへども、みちしるべする人しなければとわりなき一巻残しぬ。このたびの風流爰に至れり。
最上川はみちのくより出て、山形を水上とす。こてんはやぶさなど云おそろしき難所有。板敷山の北を流て、果は酒田の海に入。左右山覆ひ、茂みの中に船を下す。是に稲つみたるをやいな船といふならし。白糸の瀧は青葉の隙／＼に落て仙人堂岸に臨て立。水みなぎつて舟あやうし。
五月雨をあつめて早し最上川

出羽三山

六月三日、羽黒山に登る。図司左吉と云者を尋て、別当代会覚阿闍利に謁す。南谷の別院に舎して憐愍の情こまやかにあるじせらる。
四日、本坊にをゐて誹諧興行。
有難や雪をかほらす南谷五日、権現に詣。当山開闢能除大師はいづれの代の人と云事をしらず。延喜式に羽州里山の神社と有。書写、黒の字を里山となせるにや。羽州黒山を中略して羽黒山と云にや。出羽といへるも鳥の毛羽を此国の貢に献ると風土記に侍とやらん。月山湯殿を合て三山とす。当寺武江東叡に属して天台止観の月明らかに、円頓融通の法の灯かゝげそひて、僧坊棟をならべ、修験行法を励し、霊山霊地の験効、人貴且恐る。繁栄長にしてめで度御山と謂つべし。
八日、月山にのぼる。木綿しめ身に引かけ、宝冠に頭を包、強力と云ものに道ひかれて、雲霧山気の中に氷雪を踏てのぼる事八里、更に日月行道の雲関に入かとあやしまれ、息絶身こゞえて頂上にいたれば、日没て月顕る。笹を鋪篠を枕として、臥て明るを待。日出て雲消れば湯殿に下る。
谷の傍に鍛治小屋と云有。此国の鍛治、霊水を撰て爰に潔斉して劔を打、終月山と銘を切て世に賞せらる。彼龍泉に剣を淬とかや。干将莫耶のむかしをしたふ。道に堪能の執あさからぬ事しられたり。岩に腰かけてしばしやすらふほど、三尺ばかりなる桜のつぼみ半ばひらけるあり。ふり積雪の下に埋て、春を忘れぬ遅ざくらの花の心わりなし。炎天の梅花爰にかほるがごとし。行尊僧正の哥の哀も爰に思ひ出て、猶まさりて覚ゆ。惣而此山中の微細、行者の法式として他言する事を禁ず。仍て筆をとゞめて記さず。坊に帰れば、阿闍利の需に依て、三山順礼の句〃短冊に書。

涼しさやほの三か月の羽黒山

雲の峯幾つ崩て月の山

語られぬ湯殿にぬらす袂かな

湯殿山銭ふむ道の泪かな曾良

酒田

羽黒を立て、鶴が岡の城下、長山氏重行と云物のふの家にむかへられて、誹諧一巻有。左吉も共に送りぬ。川舟に乗て酒田の湊に下る。淵庵不玉と云医師の許を宿とす。
あつみ山や吹浦かけて夕すゞみ暑き日を海にいれたり最上川

象潟

江山水陸の風光数を尽して今象潟に方寸を責。酒田の湊より東北の方、山を越、礒を伝ひ、いさごをふみて、其際十里、日影やゝかたぶく比、汐風真砂を吹上、雨朦朧として鳥海の山かくる。闇中に莫作して、雨も又奇也とせば、雨後の晴色又頼母敷と、蜑の苫屋に膝をいれて雨の晴を待。
其朝、天能霽て、朝日花やかにさし出る程に、象潟に舟をうかぶ。先能因嶋に舟をよせて、三年幽居の跡をとぶらひ、むかふの岸に舟をあがれば、花の上こぐとよまれし桜の老木、西行法師の記念をのこす。江上に御陵あり。神功后宮の御墓と云。寺を干満珠寺と云。比處に行幸ありし事いまだ聞ず。いかなる事にや。此寺の方丈に座して簾を捲ば、風景一眼の中に尽て、南に鳥海天をさゝえ、其陰うつりて江にあり。西はむや／＼の関路をかぎり、東に堤を築て秋田にかよふ道遥に、海北にかまえて浪打入る所を汐こしと云。江の縦横一里ばかり、俤松嶋にかよひて又異なり。松嶋は笑ふが如く、象潟はうらむがごとし。寂しさに悲しみをくはえて、地勢魂をなやますに似たり。
象潟や雨に西施がねぶの花 汐越や鶴はぎぬれて海涼し 祭礼象潟や料理何くふ神祭曾良蜑の家や戸板を敷て夕涼みのゝ国の商人低耳岩上に雎鳩の巣をみる
波こえぬ契ありてやみさごの巣曾良

越後路

酒田の余波日を重て、北陸道の雲に望、遥々のおもひ胸をいたましめて加賀の府まで百卅里と聞。鼠の関をこゆれば、越後の地に歩行を改て、越中の国一ぶりの関に到る。此間九日、暑湿の労に神をなやまし、病おこりて事をしるさず。

文月や六日も常の夜には似ず
荒海や佐渡によこたふ天河

市振

今日は親しらず子しらず犬もどり駒返しなど云北国一の難所を越てつかれ侍れば、枕引よせて寝たるに、一間隔て面の方に若き女の声二人計ときこゆ。年老たるおのこの声も交て物語するをきけば、越後の国新潟と云所の遊女成し。伊勢参宮するとて、此関までおのこの送りて、あすは古郷にかへす文したゝめてはかなき言伝などしやる也。白浪のよする汀に身をはふらかし、あまのこの世をあさましう下りて、定めなき契、日々の業因いかにつたなしと、物云をきく／＼寝入て、あした旅立に、我々にむかひて、行衛しらぬ旅路のうさ、あまり覚束なう悲しく侍れば、見えがくれにも御跡をしたひ侍ん。衣の上の御情に大慈のめぐみをたれて結縁せさせ給へと泪を落す。不便の事には侍れども、我／＼は所〃にてとゞまる方おほし。只人の行にまかせて行べし。神明の加護かならず恙なかるべしと云捨て出つゝ、哀さしばらくやまざりけらし。

一家に遊女もねたり萩と月

曾良にかたれば、書とゞめ侍る。

黒部

くろべ四十八が瀬とかや、数しらぬ川をわたりて、那古と云浦に出。擔篭の藤浪は春ならずとも、初秋の哀とふべきものをと人に尋れば、是より五里いそ伝ひして、むかふの山陰にいり、蜑の苫ぶきかすかなれば、蘆の一夜の宿かすものあるまじといひをどされて、かゞの国に入。

わせの香や分入右は有磯海

金沢

卯の花山くりからが谷をこえて金沢は七月中の五日也。
爰に大坂よりかよふ商人何處と云者有。それが旅宿をともにす。
一笑と云ものは、此道にすける名のほの／＼聞えて、世に知人も侍しに、去年の冬早世したりとて、其兄追善を催すに
塚も動け我泣声は秋の風
ある草庵にいざなはれて
秋涼し手毎にむけや瓜茄子
途中吟
あか／＼と日は難面もあきの風

大田神社

小松と云所にてしほらしき名や小松吹萩すゝき此所太田の神社に詣。真盛が甲錦の切あり。往昔源氏に属せし時、義朝公より給はらせ給とかや。げにも平士のものにあらず。目庇より吹返しまで、菊から草のほりもの金をちりばめ龍頭に鍬形打たり。真盛討死の後、木曾義仲願状にそへて此社にこめられ侍よし、樋口の次郎が使せし事共、まのあたり縁記にみえたり。
むざんやな甲の下のきり／＼す

那谷

山中の温泉に行ほど、白根が嶽跡にみなしてあゆむ。左の山際に観音堂あり。花山の法皇三十三所の順礼とげさせ給ひて後、大慈大悲の像を安置し給ひて那谷と名付給ふとや。那智谷組の二字をわかち侍しとぞ。奇石さま／＼に古松植ならべて、萱ぶきの小堂岩の上に造りかけて、殊勝の土地也。

石山の石より白し秋の風

山中

温泉に浴す。其功有明に次と云。
山中や菊はたおらぬ湯の匂
あるじとする物は久米之助とていまだ小童也。かれが父誹諧を好み、洛の貞室若輩のむかし爰に来りし比、風雅に辱しめられて、洛に帰て貞徳の門人となつて世にしらる。功名の後、此一村判詞の料を請ずと云。今更むかし語とはなりぬ。
曾良は腹を病て、伊勢の国長嶋と云所にゆかりあれば、先立て行に、
行行てたふれ伏とも萩の原曾良
と書置たり。行ものゝ悲しみ残ものゝうらみ隻鳧のわかれて雲にまよふがごとし。予も又
今日よりや書付消さん笠の露

全昌寺

大聖持の城外、全昌寺といふ寺にとまる。猶加賀の地也。曾良も前の夜此寺に泊て、

終宵秋風聞やうらの山

と残す。一夜の隔、千里に同じ。吾も秋風を聞て衆寮に臥ば、明ぼのゝ空近う読経 声すむまゝに、鐘板鳴て食堂に入。けふは越前の国へと心早卒にして、堂下に下るを若き僧ども紙硯をかゝえ、階のもとまで追来る。折節庭中の柳散れば、

庭掃て出るや寺に散柳

とりあへぬさまして草鞋ながら書捨つ。

汐越の松

越前の境、吉崎の入江を舟に棹して汐越の松を尋ぬ。
終宵嵐に波をはこばせて
月をたれたる汐越の松西行
此一首にて数景尽たり。もし一辧を加るものは、無用の指を立るがごとし。
丸岡天竜寺の長老古き因あれば尋ぬ。又金沢の北枝といふもの、かりそめに見送りて、此處までしたひ来る。所々の風景過さず思ひつゞけて、折節あはれなる作意など聞ゆ。今既別に望みて、
物書て扇引さく余波哉
五十丁山に入て永平寺を礼す。道元禅師の御寺也。邦機千里を避て、かゝる山陰に跡をのこし給ふも貴きゆへ有とかや。

福井

福井は三里計なれば、夕飯したゝめて出るに、たそがれの路たど／＼し。爰に等栽と云古き隠士有。いづれの年にか江戸に来りて予を尋。遥十とせ餘り也。いかに老さらぼひて有にや、将死けるにやと人に尋侍れば、いまだ存命してそこ／＼と教ゆ。市中ひそかに引入て、あやしの小家に夕顔へちまのはえかゝりて、鶏頭はゝ木ゝに戸ぼそをかくす。さては此うちにこそと門を扣ば、侘しげなる女の出て、いづくよりわたり給ふ道心の御坊にや。あるじは此あたり何がしと云ものゝ方に行ぬ。もし用あらば尋給へといふ。かれが妻なるべしとしらる。むかし物がたりにこそかゝる風情は侍れと、やがて尋あひて、その家に二夜とまりて、名月はつるがのみなとにとたび立。等栽も共に送らんと裾おかしうからげて、路の枝折とうかれ立。

敦賀

漸白根が嶽かくれて、比那が嵩あらはる。あさむづの橋をわたりて、玉江の蘆は穂に出にけり。鶯の関を過て湯尾峠を越れば、燧が城、かへるやまに初鴈を聞て、十四日の夕ぐれつるがの津に宿をもとむ。その夜、月殊晴たり。あすの夜もかくあるべきにやといへば、越路の習ひ、猶明夜の陰晴はかりがたしと、あるじに酒すゝめられて、けいの明神に夜参す。仲哀天皇の御廟也。社頭神さびて、松の木の間に月のもり入たる。おまへの白砂霜を敷るがごとし。往昔遊行二世の上人、大願発起の事ありて、みづから草を刈、土石を荷ひ泥渟をかはかせて、参詣往来の煩なし。古例今にたえず。神前に真砂を荷ひ給ふ。これを遊行の砂持と申侍ると、亭主かたりける。
月清し遊行のもてる砂の上十五日、亭主の詞にたがはず雨降。
名月や北国日和定なき

種の浜

十六日、空霽たればますほの小貝ひろはんと種の濱に舟を走す。海上七里あり。天屋何某と云もの、破篭小竹筒などこまやかにしたゝめさせ、僕あまた舟にとりのせて、追風時のまに吹着ぬ。濱はわづかなる海士の小家にて侘しき法花寺あり。爰に茶を飲酒をあたゝめて、夕ぐれのわびしさ感に堪たり。

寂しさや須磨にかちたる濱の秋

波の間や小貝にまじる萩の塵

其日のあらまし、等栽に筆をとらせて寺に残す。

大垣

路通も此みなとまで出むかひて、みのゝ国へと伴ふ。駒にたすけられて、大垣の庄に入ば、曾良も伊勢より来り合、越人も馬をとばせて、如行が家に入集る。前川子荊口父子、其外したしき人々日夜とぶらひて、蘇生のものにあふがごとく、且悦び且いたはる。旅の物うさもいまだやまざるに、長月六日になれば、伊勢の遷宮おがまんと、又舟にのりて
蛤のふたみにわかれ行秋ぞ

Also available from JiaHu Books

紫式部日記 - 9781784350345

坊っちゃん – 夏目 漱石 – 9781909669123

(with Furigana – 9781909669130)

こころ – 夏目 漱石 – 9781909669185

Rashomon and other Stories with Furigana – Akutagawa -978-1909669307

伊勢物語 - 9781784350338

詩經 - 9781784350444

易經 – 9781909669383

春秋左氏傳 - 9781909669390

尚書 – 9781909669635

莊子 – 9781784350277

孟子 – 9781784350284

禮記- 9781784350437

www.ingramcontent.com/pod-product-compliance
Lightning Source LLC
Chambersburg PA
CBHW031904170626
46807CB00004B/1886
* 9 7 8 1 7 8 4 3 5 0 7 3 4 *